KB236395

한경북스

with the wind

This book is originally published in Japanese under the title,
KAZE NI SASOWARETE / written by Keiko Maruya · photographed by
Masumi Takahashi · designed by Masako Takahashi by Seiseisha Co., Ltd,
Tokyo, Japan.

原書名 / 風に誘われて：旅をしています
文 / 丸谷惠子
寫眞 / 高橋眞澄
裝丁 · Design / 高橋雅子
發行社 / (株) 靑菁社

바람의 유혹

―떠나는 날에―

호기심만을 가득히 꾸려

아무것도 몰라도 갈 수 있어

세상 어디에나 황혼은 외로운 걸까

언젠가 보았던 수채화 속의 호수로

돌아갈 곳이 없으니
나그네가 될 일도 없어

돌아갈 곳이 없으니
나그네가 될 일도 없어

때로는 홀연히 사라져도 좋으리

〈언젠가 가 봐요〉
그게 네 입버릇
영원한 그 〈언젠가〉

역에 내리면 박하향의 바람

나그네길의 집이
만일 세 개뿐이라면
무얼 가져가지 ?

바람의 유혹에 이끌려

미지로 가는 차표를 샀네

떠나는 이유는 오직 그뿐

어디선가 오르골의
그리운 음색이 들려오는데

비 내리는 공항까지
바래다 주었지

추억을 버리기 위한
떠남도 있구나

바캉스는 홀로
사랑도 때로는 심호흡을 하고프니까

거기서는
말소리조차 음악으로 들리지

사랑하는 사람이 하나 있고
빠져버릴 일이 있으면
그 거리에서 방황을 마치자

그날의 나를
찾아가 보고 싶다

MY ANNIVERSARY

떠나는 날에

•

역자약력

•

도쿄 인터컬트 일본어전문학교 졸업.
인터컬트 일본어교사양성소와 SONY영상아카데미 수료.
현재 도쿄거주, 이미지비디오 제작실 〈나래기획〉대표.
번역서로 《야율초재》《삼국지 역사기행》《창궁의 묘성》 등.

■

바람의 유혹

■

글 / 마루야 게이코
사진 / 다카하시 마스미
디자인 / 다카하시 마사코
옮긴이 / 이주영
펴낸이 / 박용정
펴낸곳 / 한국경제신문사

■

등록 / 제2-315(1967. 5. 15)
제1판 1쇄 인쇄 / 1997년 1월 5일
제1판 1쇄 발행 / 1997년 1월 10일
주소 / 서울특별시 중구 중림동 441
대표전화 / 360-4114
직통 / 313-8293 · 312-0063
FAX / 360-4552

■

* 파본이나 잘못된 책은 바꿔 드립니다.
ISBN 89-475-5032-9
ISBN 89-475-5035-3(세트)

■

값 4,500원

바람의 유혹

-떠나는 날에-